내가 사랑하는 여자

내가 사랑하는 여자

—

초판 1쇄   2015년 9월 23일
초판 2쇄   2016년 10월 21일
지은이   이지엽
펴낸이   김영재
펴낸곳   책만드는집

—

주소   서울 마포구 양화로3길 99 4층 (04022)
전화   3142−1585·6
팩스   336−8908
전자우편   chaekjip@naver.com
출판등록   1994년 1월 13일 제10−927호
ⓒ 이지엽, 2015

—

—

ISBN   978−89−7944−549−7 (04810)
ISBN   978−89−7944−513−8 (세트)

한국의 단시조

008

내가 사랑하는 여자

이지엽 시집

책만드는집

처음에는 언어의 감옥처럼 느껴지더니
지금은 제법 넉넉한 품이 보이기도 한다.
슬프기도, 아프기도 했지만
그래도 눈에 드는 불씨 서넛 있다면
좋은 일 아니랴.
단시조는 시조 중의 핵, 열무김치처럼
구구연함이 필요 없으니
이 여름 내내 서늘한 긴장이다.

−2015년 가을

이지엽

| 차례 |

1부 옹기 생각

2부   구황암 돌무덤 앞에서

3부 아름다움의 한가운데

4부   그림의 리듬

5부   내가 사랑하는 여자

1부

옹기甕器 생각

확독
−옹기甕器 생각 1

어머니가 확독에 갈아 게장을 담그는 날은
게들이 불쌍해서 눈물 찔끔 흘리곤 했다
괜스레 청양 고추가 맵다고 투정을 부렸다

좀도리 쌀독
― 옹기甕器 생각 2

한번 넣은 것은 다시 빼내지 말아라
좁은 주둥이가 씀씀이를 경계한다
쟁여둔 살뜰한 마음, 내 생애 한 움큼의 쌀.

등잔집

－옹기甕器 생각 3

왜 아직도 내 몸에선 남아 들리는 걸까
늦은 저녁 소풍 채비 달그락거리는 소리
등잔불, 무명천 심지… 아주까리 그 불씨여

70년이 지나도

우상의 작은 이름들
조등弔燈을 내거는 시간
한 몸이고 싶어도 남南과 북北 잠 못 드는데
천안함
함미艦尾 같은 슬픔
톱날처럼 튕겨 오른다.

고매古梅
−조운曺雲* 생각

남은 것 그마저도
꽃이라 부를 수 없어

터진 손등 성근 등짝
피해 가다 들킨 대명천지에

서해曙海의 가난보다 더 시리다
고매古梅처럼 여윈 조국

황토

내 슬픔 으깨

네 붉은 적멸궁寂滅宮

가

닿으리

가슴 죄다 드러내고

무릎 꿇고

바보처럼

천千 날을 매 맞고 서서

잘못했다, 잘못했다고……

못

슬프면 차라리 웃지 그랬어

그래도 아프면 눈 감지 그랬어

눈 감고 떠날 양이면 소리치지 그랬어

녹비 綠肥

자운영도 청보리도 호밀도 들묵새도
꽃양귀비, 수레국화도
모두 간 길
깨끗한 길

꽃 피면 꽃 채 그대로
아,
사도세자

죽어서 하나 되다

－세월호

구명조끼 끈 가운데 위쪽 끈은 각자 묶고
아래 끈은 연결하여
연리지 된 남녀 학생
얼마나 무서웠을까 얼마나 애절했을까

회색의 힘

흡입구만 열고 있는
거대한
하늘의 입

저 불가해의 깊이
저음의 바리톤

골똘히
누구를 생각해온
시간과도 같은

너무 늦게 온 사랑

색이 바래고 경첩 빠지고
좀이 슬고 삐꺽거리는

비틀고 휘어져
누구도 가져가지 않을

늦가을 비에 젖고 있는
저 낡은 가구들

낮은 평화

남도의 낮은 구릉
바라보고만 있어도

따뜻한 젖무덤의
감촉이 잡혀 와서

한 구절
성경도 덮고
기차처럼 떠나고 싶어

거짓의 옷을 다 벗고

거미줄 친 하루 삶이
사막, 또 더한
남루라도

쓸쓸한 겨울 나라
모든 거짓 옷 벗고

홑겹의 동안거冬安居라도
네 시린 입술에 닿고 싶다

바람의 뼈

─ 화왕산 억새

몸의 욕망 다 지우면
어둠마저 길이 될까

저 바람의 뼈들 우우우
산정을 덮고 서네

가을엔 사람의 일도
하늘에 하마 닿으리

화목

내가 온전히 죽어야 오는 것

죽어 녹아 스며들어
경계가 없어질 때

배추 속
소금 같은 것*
뻣뻣한 마음
다 누그러지듯

* 마가복음 9 : 50. "너희 속에 소금을 두고 서로 화목하라."

꽃 피고 새가 울어

살다 보면 바람 불고
비 오는 날 없겠느냐
그래도 마음 밭엔
꽃이 피고 새가 울어
우리 둘
환한 봄날 이랑
병아리 떼 종종종

슬픔

잘 익은 사과
벌레 먹은 살구꽃
저녁 지나고
아침이 되어도
자브시
너 떠난 자리
감당할 수 없는 노을

죽음 앞에 서더라도

죽으면 죽으리다
에스더처럼 막막해도

내 민족을 사랑한다는
믿음과 신뢰로

흰 눈에 갇힌 조국을
다 껴안고
우는 그대여

흐르는 달밤

잔잔한 강물 위의
달빛 발걸음으로

아무도 몰래 그대에게
가 닿고 싶은 밤

숨결에 숨결을 얹어
하나 되는 밤이여

1월

투명한 거울을 보면
물고기 눈물이 보인다

추운 겨울 아침
저잣거리 나와 앉아서

푸르게 울던 물고기,
싸락눈의
어머니 눈빛

작은 사랑 1

내 사랑 이런 방房이라면 좋겠다
한지에 스미는 은은한 햇살 받아
밀화빛 곱게 익는 겨울
유자 향 그윽한

작은 사랑 2

내 사랑 이런 뜨락이라면 참 좋겠다
눈 덮여 눈에 갇혀 은백으로 잠든 새벽
발자국 누군가 하나
꼭 찍어 놓고 간

2부

구황암 돌무덤 앞에서

유유 幽幽

강물 흐르는 압록역
역도, 꽃잎도 흐르는데

그대에게 보낸
초사흘
쓸쓸한 마음들이

달 되어 강으로 가네
꽃잎 되어 하늘로 가네

그리움 1

길입니다
한 사람만 겨우 지나는
오솔길입니다
누가 안 오나
목을 빼던 할머니 집
장지문 까아만 그을음
바다로 가 죽은
길입니다

그리움 2

물입니다
물수제비 아프게 받아내던
달빛 아래선 율랑율랑
햇살 아래선 종알종알
송사리 지느러미 끝, 은빛!
다시 사는
물입니다

그리움 3

바자울 밑에 맨드라미
목 길게 빼고 혼자 붉고

매미 울음 끝에
파랗게 질리는 하늘

댓돌 위
검정 고무신
그 단정한
하얀 둘레

폭염

몇 날 며칠
장마가 휩쓸고 지나간 계곡

뿌리째 뽑혀
절벽에 매달린 소나무 한 그루

지독한 사랑의 한때
위태위태한, 아찔한, 쓰린,

시인詩人

-송수권

사운대며 지나는 바람
꺼지지 않는 등불 하나

바람 지난 자리 다시 고이는
저녁 불빛
따스함 하나

동구 밖
무릎 꿇고 앉아 있는
작달 나무
하나

구황암 돌무덤 앞에서

첫사랑도 희미해져
얼굴마저 가뭇할 때

길들은 감춘 붉은 가슴을
강 하류에 풀어놓는다

가야여, 묻혀져 더욱 아름다운 이름이여

황진이 생각

네 사랑 때로 때죽나무
작은 은종 같아

쏴르르 달빛 소리
서늘한 한 종지 바람

가다가 휘어진 오솔길
휘파람도 보인다

백제 百濟

내 마음에 잊혀진 왕국이 하나 있네

눈 내리는
눈 쌓이는
물의 나라
뿔의 나라

소리가
건널 수 없는
바람의 나라
찔레꽃 나라

저물 무렵 햇살이더라도

－박권숙

물소리, 영혼의
정정한 물소리 따라

점과 점들 아슬한 날들
장마 끝 잠깐 햇살이어도

객토의 푸른 삽날마다
슬픔들이 찍힌다

볼펜 똥

흐릿한 건 난 싫어
말을 끊어서 또박또박
이렇게 뭉쳐 있었어,
네게 꼭 하고 싶은 말
사랑은 소금꽃이야
희고 검게 여문 씨앗

담배꽁초 1

사랑이란 이름으로
흘려보낸 구름의 날들

파고드는 낭패감
머릴 박고 속죄해도

이제는 용서받을 수 없다
가슴 붉게
울 수도 없다

담배꽁초 2

엉켜서 더욱 뜨거운
목숨들이 여기 있다

비벼 아픈 살점 하나
꿈꾸는 잠이 여기 있다

그늘을
슬퍼 말아라
구겨진 시詩여,
네 고독의 볏이여

반물빛을 그리다

내 생애 아주 쾌청한 날이
몇 번이나 있었을까

아침에 널어놓은 빨래가
꼬실꼬실하게 마르듯이

내 절망 가볍게 햇살로 내리는
반물빛 그런
몇 날

햇살

어둠을 대할 때마다
언제나 너는 맨몸이다
가장 낮은 자세로
바닥을 핥는 소신공양燒身供養
슬픔도 꽃이 되는 아흐
저
눈부신 탁발이여!

괄호 밖으로

더러운 욕설만 늘어가는 자아의 새여
밖은 절벽이 아니라
꽃 울음의 하늘이다
날아라 곧은 시어詩語 찾아
화살 맞아 죽어라

다시, 황토를 생각하다

살구꽃 하르르 지는
그 환하고 아픈 자리

그렇게 사람이 그리운 날,
빈 절 한 채 내 사랑은

종소리, 그 견디는 적신赤身과
봄비 사이
혼자 가네

3부
아름다움의 한가운데

아름다움의 한가운데

마른땅 위에 한나절 비가 내리고
트랙터 지나간 뒤
깊게 파인 바큇자국들!

세상의 모오든 길들은 상처가 남긴 살점이다

목숨

꾸부정한 할머니가
아기를 둘러메고
부서진 양철대문 앞
재우 가누며 서 있다

담벼락 괴발개발로

접 부칩니다 환영

깨끗한, 참 깨끗한

하아! 세상은 갈수록 깨끗하고 깨끗하여라

국도 변

신고 받습니다 전주 위의 까치집

연蓮

지새는 밤 그리움은
진창이라도 좋다
이것이
네게 갈 수 있는
유일한 길이라면
내 살에 꽃불을 놓아
그대 강江 건너리

담쟁이넝쿨

－인동일기忍冬日記

참담하다
무너질 집은
아예 짓지 말 것을……

앙상한 손가락 사이 눈이 내려 쌓이고.

벽마다 뚝뚝 부러져
뼈만 남은
저 그리움!

북어

매 맞고 부러져서
추위 속에 꽁꽁 얼어가도

절망을 더 이상
절망이라 부르지 말자

아침상
속을 헹구며
햇살은
너무 부셔……

줄넘기

줄 넘어라
줄 넘어라

바람 갈퀴
풀무 속을

갈 때 한 번
올때 한번

닫힌 가슴 죄를 열고

머리채
흔들며 울어라

문 열렸다
달 들었다.

북악 1
-이별 없는 이별

봄 우레도
딛고 간
벼랑에
나앉아서
돌로 닫은
그대 문門을
피로
살로
부수는 밤
어둠의
흰 끝을 깁는
산은 내내
말이 없다

북악 2
-원근법

산허리
떠도는
구름
바람 한 점
불지 않고
테라스 저편
무심히 지는
붉은 장미
두어
송이
생각은
산 너머
만 리
식고 있는
커피
한 잔

북악 3
―풍장風葬

네게 남은
마지막 육신
태워
흩고
오던 길
코스모스
말간 눈짓
햇살 그리
좋던 날
갈수록 깊어만 가는
슬픔의
강
어둠의
끝

북악 4
-낮달

눈 내리는
영안실 부근
그림자
하나 둘
바람에 쓰러지고
기다리는 사람은
내내 오지 않는다
숨어서
옷 벗는
그대
능금빛
울음
하나

북악 5
-어떤 꿈

한 여자가 지나간다
바람같이
바람같이
쓸어내면 풀풀거리며
먼지로 내려앉을 여자
온몸에
실리는 강물
횟빛 강물
쾽한
눈빛.

보리밭

여윈 가슴 핏물 돌아
살갗 트는
하늘 목숨
밟아다오 밟아다오
눈 못 뜨는 천 근 죄를
가난도 헤집다 보면
눈에 드는
불씨 서넛

동백

붉은 입술 깨어 물고
겨울 이편 물이 드네

이승과 저승 사이
더러 잠과 안개 사이

감은빛
빼는 목청을
또 한 고비 넘어가네

사랑 산조散調 1

- 진눈깨비

    허깨비 같은 몸짓으로 그대에게 내리고 싶다 내 그리운 산천 딛고 아슬한 능선 넘고 내려서 녹아내려서 뿌리까지 젖고 싶다

사랑 산조散調 2

-바람

    그대와 나 저승에선 바람이었을지도 모를 일 머리 풀고 떠돌다 눈비 맞고 떠돌다 살과 살 다 섞은 후에 빈 몸으로 울었을 바람

사랑 산조散調 5
―팔매질

감으면 보일 듯이 내내 허리 감추는 그대 아직 먼 나라
안개 바다 그윽한 소리 사랑은 그리운 팔매질 어둠으로
던져지는

사랑 산조散調 9

-물소리

　물소리 듣고 싶어져요 푸른 목청 몇 개 가진 산의. 수목
과 그늘에 가려 이끼 낀 그대 물소리 일생을 울어도 다 못
올 열두 줄 그대 물소리……

4부

그림의 리듬

그림의 리듬

- 김일해

그림 속에서도
박자를 생각한다

고저장단
어름사니
시김새와
발림까지

붓질의 빠름과 느림이

색채의 빛을 문다

나와 남의 차이

늘 배가 고프다고
입술이 열려 있는 것과

더 이상 줄 게 없다고
입술을 닫아 버리는 것

추운 날 닫혀 있는 문을 여는 것은
그래서 늘 어렵다

누드를 위하여

−류영도에게

달 울음 받아
실안개로 풀리는
선線들이

라르고largo 햇살 모아
곡선으로 휘어진다

그 낙하,
곡진한 무릎 사이
삼천의 꽃
백제 여자여

달항아리

사랑은 오밀조밀한 다양함이 아니라
꽃 장식과 톡 튀는 빛깔이 아니라

저 무변의 강물, 선線으로 온다

산등성
그 아픈 허리를
오래도록
만지는
달

구제역 살처분 동물 분향소

근조謹弔 글씨
마당까지 내려와
눈을 쓸고 있는 저녁

웃고 있는 돼지와
눈이 큰 선한 소의 영정

조문 올 다른 돼지도 소도 없는 영 조용한 마을

환타지아를 위하여

-정우범

밤에도 무지개 뜨는
햇살 꽃
환상의 나라

배꼽 빠진 꽃들이 물가에 나와 해살거린다

속눈 튼
저 붉고 노란
상징의
자궁이여

북악 6

-다형茶兄

그리운
무등無等이여
너를 대하면
생각나는 이 있다
고독한 이름
고독한
바람
소리
들리는 듯
들리는 듯
무너진
함성 몇 개가
미리내를
건너가는

북악 8
-돌팔매

구르다 잠든
미소
새털구름
도는 자리

-버려져도 울·지·말·것
뜨겁게 절·망·할·것

동구 밖
금 간 종소리
혼자 오는
말
없
음
표

북악 10
−이사도라

달이 진다
별이
진다
바람 분다 꽃이 진다

젖은 수풀
젖은
가락
흐린 침실
떨리는
잔

해초들
눈뜨는
바다
황혼 무렵
가랑비

사랑 이미지 2

-못

꼿꼿한 자세로 너를 안고 뒤에 숨어
가뭇없이 속절없이
평생을 늙어간대도

슬픔의
내색 한번 없는
자존의
저
직립!

사랑 이미지 3

─ 영주에게

우리 가진 그리움이
솟아오른 것, 산이라면

그것이 반짝이며
흐르는 것, 강이라 하리

유정有情의
산과 강 사이
우리가 살아가네

사랑 이미지 4

−도마

날 선 비난의 말,
난타하는 칼날들

하늘을 간음한 죄
죄 없는 자 돌로 쳐라

죽비竹篦의 소나기 속을
쏜살같이 내닫는

난장

사랑 이미지 5

—볼트와 너트

꽉
이를 깨물고
너를
놓지 않겠다

그럴싸한 감상들은
변명들은 모두 가라

핏물이
뚝뚝 배어나도
네 손을
놓지 않겠다

사랑 이미지 6
─벽

네 울음은 다 막아주마
네 고통은 다 받아주마

억울함이 있거든
언제나 나를 쳐라

은밀한
부활의 작은 우주
절대 포기 말아라

사랑 이미지 7

-구멍

콧구멍 입구멍 귓구멍 숨구멍…

자궁에 피어나는 꽃
무덤에서 죽는 별

구멍이 모든 것의 우주
신에 이르는 열쇠다

5부
내가 사랑하는 여자

생강
− 내가 사랑하는 여자

울퉁불퉁 따뜻하게 몸을 데워주는 여자
매우면서도 향긋하게 실눈으로 웃는 여자
황토색 발을 가진 여자
못생겨도 정 많은 여자

마늘

−내가 사랑하는 여자

내 마음 아린 눈물 짓찧어져 우는 여자
전세대란 쫓겨나서 맵고 섧게 우는 여자
곰 같은, 동백 같은 여자
혀 아리게 눈물 빼는 여자

양파
– 내가 사랑하는 여자

벗을수록 더 뽀얀 속살로 희게 웃는 여자
비밀의 방 불을 켜서 남자 서넛 가진 여자
잡으면 몸 빼는 여자
때려도 웃는 여자

참깨

- 내가 사랑하는 여자

배롱꽃의 눈썹미, 짜글짜글 귄 있는 여자
가지 끝 죄 울리며 애기 하나 갖자는 여자
귀와 눈 맑히는 여자
바람결 훅, 옷 벗는 여자

식초
– 내가 사랑하는 여자

휘어지는 휘파람 허릿결 상큼한 여자
짜릿한 속살의 눈짓 보리순 같은 여자
간이역, 기적汽笛 같은 여자
말간 소주 같은 여자

식용유
– 내가 사랑하는 여자

잘 닦인 책 속으로 사라지는 길 같은 여자
끊임없이 향기 울려나는 백향목 숲 같은 여자
유리창 햇살 같은 여자
화선지 같은 여자

멸치
– 내가 사랑하는 여자

비틀어 춤을 추고 악을 써도 외로운 여자
엄동설한 언 방에서 무릎 꿇고 우는 여자
퀭한 눈
깡마른 고독
목울대가 긴 여자

열무김치

−내가 사랑하는 여자

날이 더울수록 열 식혀주는 서늘한 여자
국수와 어울리는 푸른 잎의 그늘 여자
허리가
아삭한 여자
맨얼굴 깔끔한 여자

다래순

– 내가 사랑하는 여자

이놈 저놈 찝쩍대도 야들야들 순한 여자
립스틱 엷어도 보드라니 그윽한 입술
엷은 혀
감또개 같은
햇살이 잡히는 여자

목련화

－내가 사랑하는 여자

에둘러 온 아스라함 먼먼 길의 그리움 안고

스스로 길을 밝혀 봉긋이 핀 하늘 목숨

더운 정
떨리는 입술
오롯이 선 이름이여

은방울꽃

– 내가 사랑하는 여자

내 안에는 언제나 달이 뜨고 바람 불어

사랑 그 아린 꽃물결이 일렁거려

랑데부, 환한 손과 손 마주 잡고 하냥 우네

다시 백담에 들다

인제군 남면 수산리 소양호 끝자락
물안개 바다,
하얗게 빛나는 자작나무

어둠 속 혼자서 먹는
순메밀국수 같은
슬픔이여

한마디 말의 긴 울림, 한 편 시의 넓은 뜻

이승하 **시인 · 중앙대 교수**

    시정신이란, 말을 줄여 뜻을 전하는 것이다. 신문 사설을 보라. 조리 있고 차분하게 설득하는 것은 산문정신이다. 뜻 모를 말을 횡설수설 늘어놓는 것이 시가 아닐진대 현대시는 애매성이 강조되다 보니 점점 더 난해해지고 있다. 시인의 의도가 도무지 파악되지 않는 난해한 시가 지금 이 시대에는 넘쳐나고 있지 않은가. 소통 불능의 암호 같은 시 앞에서 나 같은 연구자도 난처한 표정을 짓거나 고개를 절레절레 흔들고 만다. 오늘날 시조에 대해 눈길이 자꾸 가는 것도 시를 읽을 때마다 난감함을 느끼기 때문일 것이다. 서거정은 『동인시화東人詩話』에서 "詩者 心之發"이라고 했다. 시란 마음에서 우러나는 것이라고 했는데, 시를 쓴 시인의 마음이 아무리 애를 써도 읽히지 않으니 이 얼마나 난감하고 난처한 일인가.

이지엽 시인의 시조집 『내가 사랑하는 여자』에 실려 있는 것은 전부 평시조다. 연시조聯詩調가 아닌 것이다. 요즈음 시조시단에서 사설시조 쓰기가 유행이고 두 개 이상의 평시조가 이어지는 연시조도 시조 잡지에서 예사로 보게 된다. 그런데 이지엽 시인은 왜 시대의 흐름에 역행하고 있는 것일까. 아니, 원래 시조는 3/4/3/4, 3/4/3/4, 3/5/4/3을 기본 자수로 하는 평시조인데 현대에 와서 연시조가 되고, 파격을 보여주고, 엇시조와 사설시조 쓰기로 가고 있다. 그래서 다시금 시조의 근본을 보여주려고 평시조만을 써 한 권의 시조집을 묶는 것이 아닌지 모르겠다. 제일 앞머리의 시조부터 읽어보자.

> 어머니가 확독에 갈아 게장을 담그는 날은
> 게들이 불쌍해서 눈물 찔끔 흘리곤 했다
> 괜스레 청양 고추가 맵다고 투정을 부렸다
> ─「확독─옹기甕器 생각 1」 전문

확독이란 예전에 곡식을 갈거나 고추 등을 빻을 때 사용하던 것으로, 둥그런 돌을 우물처럼 파내어 그곳에 곡식이나 고추 등을 넣고 폿돌이란 둥글넓적한 돌로 갈거나 빻아서 사용하는 옹기다. 민간에서는 흔히 '옹기확독'이라고 한다. 이 작품의 화자는 어린 날을 회상한다. 게장을 담그는 날은 게들이 떼죽음을 당하는 날이다. 어머니야 맛있는 음식을 장만하는 것이지만 어린 아들은 꿈틀거리다 잠잠해지는 게들이 불쌍할 따름이다. 그래서 "괜스레 청양 고추가 맵다고 투정을 부"리는 것이니, 소년의 착하고 여린 마음이 느껴진다. 두 번째 작품을 보자.

　　한번 넣은 것은 다시 빼내지 말아라
　　좁은 주둥이가 씀씀이를 경계한다
　　쟁여둔 살뜰한 마음, 내 생애 한 움큼의 쌀.
　　　　　―「좀도리 쌀독―옹기甕器 생각 2」 전문

'절미節米'의 전라남도 사투리가 좀도리다. 보통의 쌀독은 쌀 푸기가 쉽게 주둥이가 큰데 좀도리 쌀독은 주둥이가 좁아서 쌀을 한꺼번에 많이 퍼내지 못하게 되어 있다. 이 시 역시 어린 날을 회상하면서 조상들의 "쟁여둔 살뜰한 마음"을 생각하고, 그 절약 정신을 "내 생애 한 움큼의 쌀"로 여기자는 결심으로 이어진다. 세 번째 '옹기 생각'의 옹기는 등잔이다. 아주까리기름에 무명천 심지를 세운 등잔불 아래 어머니는 아들의 소풍 준비를 하고 있다. 지금과는 완전히 다른, 60년대의 시골 풍경이다.

이상 세 편의 시는 시인의 유년 회상기로서 아련한 기억의 저편에 있는 옹기를 물질적 풍요를 누리고 있는 현대인들에게 보여주기 위해서 썼다고 본다. 그다음 작품은 의미심장하다.

> 우상의 작은 이름들
> 조등弔燈을 내거는 시간
> 한 몸이고 싶어도 남南과 북北 잠 못 드는데
> 천안함
> 함미艦尾 같은 슬픔
> 톱날처럼 튕겨 오른다.
> ―「70년이 지나도」전문

분단의 역사 장장 70년이다. 2010년 3월 26일 밤 9시 22분이었다. 백령도 근처 해상에서 해군 초계함인 1200톤급

110

천안함의 함미에서 원인을 알 수 없는 폭발이 일어나 침몰했다. 천안함에 탑승했던 승조원 104명 중 58명이 구조됐고, 40명은 사망, 6명은 실종됐다. 민군 합동 조사단을 구성한 정부는 침몰 원인에 대해 '북한의 어뢰 공격'이라고 발표했다. 많은 의혹이 제기되었지만 분명한 것은 사망자와 실종자 수였다. "우상의 작은 이름들"이란 46명 사망 · 실종자들의 이름을 말하는 것이리라. 시인은 그날의 비극이 남북 분단에서 온 것임을 상기시킨 뒤, "함미艦尾 같은 슬픔"이 "톱날처럼 튕겨 오른다"고 하면서 70년이 지나도 분단 현실이 계속되고 있음을 가슴 아파한다.

분단의 슬픔은 시인 조운을 생각할 때도 밀려온다. 조운은 1900년 전남 영광에서 태어난 시조시인이다. 깔끔한 평시조를 썼는데, 1948년 정부 수립 직후에 가족과 더불어 월북하였다. 북한에서는 황해도 대표위원과 최고인민회의 상임위원을 지냈다. 1956년 이태준 계열 숙청 이후 몰락했다가 구제된 것으로 전해진다. 월북 문인이었기에 우리 문학사에서 지워졌던 조운은 1990년 조운기념사업회가 주도하여 『조운문학전집』을 펴내자 남한에서도 완전히 복권된다. 조운의 시조 중에 「고매古梅」, '늙은 매화'라는 작품이 있다.

매화 늙은 등걸
성글고 거친 가지

꽃도 드문드문
여기 하나
저기 둘씩

허울 다 털어버리고 남을 것만 남은 듯.
　　－「고매古梅」전문

이 작품과 같은 제목으로 쓴 이지엽의 시조는 이렇다.

남은 것 그마저도
꽃이라 부를 수 없어

터진 손등 성근 등짝
피해 가다 들킨 대명천지에

서해曙海의 가난보다 더 시리다
고매古梅처럼 여윈 조국

－「고매古梅－조운曺雲 생각」 전문

늙은 매화는 꽃을 제대로 피우지 못한다. "터진 손등 성근 등짝 / 피해 가다 들킨 대명천지"는 늙은 매화를 표현한 것이기도 하지만 "고매古梅처럼 여윈 조국"이라는 마지막 행에 이르면 분단된 조국의 모습을 빗댄 것임을 알 수 있다. 조국은 지금, 최서해가 묘사했던 일제강점기 때의 "가난보다 더 시리다". 즉, 제대로 꽃을 못 피우는 늙은 매화의 신세나 분단 70년이 다 되어가는 남북한의 모습이나 다를 바 없다는 것이다. "천干 날을 매 맞고 서서 // 잘못했다, 잘못했다고……"(「황토」)나 "쓸쓸한 겨울 나라"(「거짓의 옷을 다 벗고」) 같은 시구도 분단 현실에 대한 은유적 표현이 아닌가 여겨진다. 자기 종족을 학살로부터 구해낸 유대의 여인 에스더가 나오는 시조도 분단 현실을 다룬 시로 읽힌다.

죽으면 죽으리다
에스더처럼 막막해도

내 민족을 사랑한다는
믿음과 신뢰로

흰 눈에 갇힌 조국을

다 껴안고

우는 그대여

    -「죽음 앞에 서더라도」 전문

에스더Esther는 유대 민족을 바벨론에 유폐한 페르시아의 총리 하만Haman의 유대인 말살 계획을 저지한 인물이다. 페르시아 왕 아하수에로Ahasuerus의 왕비로 "죽으면 죽으리라"는 담대한 마음과 각오를 가지고 왕궁의 법도를 어기면서까지 왕에게 간곡히 부탁했고, 그녀의 용기 있는 결정과 행동의 결과 유대인 살해 계획은 실패로 돌아가게 된다. 이 시를 쓴 것도 분단의 현실을 가슴 아파한 시인의 시대의식의 산물이라고 본다. 역사의식의 산물이라고 볼 수 있는 시조도 있다.

내 마음에 잊혀진 왕국이 하나 있네

눈 내리는

눈 쌓이는

물의 나라

뿔의 나라

소리가
건널 수 없는
바람의 나라
찔레꽃 나라
－「백제百濟」 전문

첫사랑도 희미해져
얼굴마저 가뭇할 때

길들은 감춘 붉은 가슴을
강 하류에 풀어놓는다

가야여, 묻혀져 더욱 아름다운 이름이여
－「구황암 돌무덤 앞에서」 전문

　비운의 역사를 뒤로하고 사라져간 왕국 백제와 가야를
다루고 있다. 백제와 가야 모두 찬란한 문화를 이룩했지만
군사력이 문화를 지켜주지 못했다. '눈', '물', '뿔', '바람',

'찔레꽃'의 공통점은 모두 얼마 못 가 사라지는 것들이다. 대체로 첫사랑은 이루어지지 않는다고 하는데, 가야의 역사를 보면 제대로 영글지 못한 과일이요, "묻혀져 더욱 아름다운 이름"이다. 역사의 승자가 되지 못한 두 나라에 대한 안타까움이 이 두 편을 쓰게 했을 것이다. 「녹비綠肥」도 사도세자가 역사의 승자였다면 쓰지 않았을 작품이다. 시인의 측은지심은 구제역 창궐 때 죽은 돼지와 소를 생각하며 한 편의 시조를 쓰게 한다.

근조謹弔 글씨
마당까지 내려와
눈을 쓸고 있는 저녁

웃고 있는 돼지와
눈이 큰 선한 소의 영정

조문 올 다른 돼지도 소도 없는 영 조용한 마을
―「구제역 살처분 동물 분향소」 전문

전염병 구제역이 우리나라를 휩쓸었을 때 돼지며 소를

엄청나게 살처분했다. 식용으로 키워지는 이들 짐승은 이래 죽으나 저래 죽으나 마찬가지이긴 했지만 땅을 파고서 생매장하는 경우가 많았다. 짓눌려 죽고 숨이 막혀 죽었을 가금의 무리. 일대의 소와 돼지를 몽땅 죽이고 동물 분향소는 무엇하러 만든 것인가. 영정에 있는 "웃고 있는 돼지와 / 눈이 큰 선한 소"는 인간의 먹이가 되는 대신 자연의 한 귀퉁이에서 썩어가게 되었다. 작년에는 300명이나 되는 학생이 한꺼번에 수장되는 사건이 일어났다.

> 구명조끼 끈 가운데 위쪽 끈은 각자 묶고
> 아래 끈은 연결하여
> 연리지 된 남녀 학생
> 얼마나 무서웠을까 얼마나 애절했을까
> ─「죽어서 하나 되다─세월호」 전문

이 내용은 신문에 보도된 것을 그대로 짧게 정리한 것이어서 시적인 형상화는 거의 없다고 할 수 있지만 가슴이 찢어지는 아픔을 느끼게 한다. 생명에 대한 애착과 연민은 「목숨」「깨끗한, 참 깨끗한」「담쟁이넝쿨─인동일기忍冬日記」「북어」「보리밭」「동백」 등으로 이어진다. 살아 있는 것은 그것이 동물이든 식물이든 죽어가고 있는 존재다. 모두 때가 되면 목숨이 끊어진다. 이것들이 살아 있다는 것 자체가 시인에게는 측은지심의 대상이다. 하물며 죽어갔으니. 우리 어른이 죽음을 방치했으니 시인은 가슴을 치며 아이들의 죽음을 애도하는 것이다. 이들 시조에 대한 세세한 감상은 독자의 몫으로 돌리고, 화가의 그림을 보고 쓴 감상문을 살펴보자.

부제에 나오는 김일해, 류영도, 정우범은 화가다. 김일해는 강렬한 색채를 사용하는 서양화가이고, 류영도는 평생 누드화만 그린 개성이 뚜렷한 화가다. 정우범은 반추상화를 즐겨 그리는 수채화가다. 시인은 김일해의 그림을 보고 "붓질의 빠름과 느림이 // 색채의 빛을 묻는다"(『그림의 리듬-김일해』)고 이해한다. 류영도의 그림을 보고는 "곡진한 무릎사이 / 삼천의 꽃 / 백제 여자여"(『누드를 위하여-류영도에게』) 하면서 흔히 말하는 삼천궁녀의 비극을 떠올려 본다. 꽃을 많이 그리는 정우범의 수채화를 보고는 "배꼽 빠진 꽃들", "속눈 튼 / 저 붉고 노란 / 상징의 / 자궁"(『환타지아를 위하여-정우범』) 하면서 여체를 떠올린다. 여성의 몸은 새로운 생명체를 회임하는 기적의 장소다. 남성에게는 쾌락의 장소가 될 수도 있지만 그곳은 새로운 우주가 창조되는 성소이기도 하다. 「흐르는 달밤」이라는 시조를 보기로 하자.

　　잔잔한 강물 위의
　　달빛 발걸음으로

　　아무도 몰래 그대에게
　　가 닿고 싶은 밤

　　숨결에 숨결을 얹어
　　하나 되는 밤이여
　　－「흐르는 달밤」 전문

　초장과 중장을 보면 한 사람이 이성과의 만남을 갈망하고 있음을 말해주는데, 종장에 이르면 두 사람이 한 몸이 됨을 알 수 있다. 인류의 역사가 시작된 이래 남녀상열지사는 수많은 예술 작품의 창작 동기였다. 그리스·로마신화는 신과 인간의 사랑과 질투의 드라마이고 성경 신·구약은 신과 인간의 죄와 벌의 드라마이다. 죄와 벌? 한편으로는 용서와 구원의 드라마다. 그런데 사실은 신·구약 또한 신과 인간의 사랑 혹은 질투의 드라마이기도 하다. 아담과

이브, 예수와 막달레나 마리아, 베드로와 살로메, 카인과 아벨……. 초·중장의 정신적인 사랑이 종장의 육체적인 사랑으로 귀결되는 것을 보고 깜짝 놀라 뒤의 시를 보니 '그윽한' 사랑을 다루고 있다. 하지만 함께한(「작은 사랑 1」) 이후의 이별(「작은 사랑 2」)이다. 사랑이 염염한 그리움만으로 끝난다면, 뭐 좀 거시기하지 않은가. 이효석의 「메밀꽃 필 무렵」을 생각해보자. 허 생원과 성 서방네 처녀가 하룻밤 사이에 만리장성을 쌓아야 소설이 성립되는 것이다.

내 사랑 이런 방房이라면 좋겠다
한지에 스미는 은은한 햇살 받아
밀화빛 곱게 익는 겨울
유자 향 그윽한
―「작은 사랑 1」 전문

내 사랑 이런 뜨락이라면 참 좋겠다
눈 덮여 눈에 갇혀 은백으로 잠든 새벽
발자국 누군가 하나
꼭 찍어 놓고 간
―「작은 사랑 2」 전문

시가 짧고, 짧은 만큼 귀엽다. 이 두 시의 사랑은 뜨거운 사랑이 아니라 함께해서 좋은 사랑이고 헤어져서 아쉬운 사랑이다. 그래서 우리는 '그리움'이라는 감정을 지니고 살아가게 된다. 헤어짐, 기다림, 보고 싶음, 눈에 밟힘……. 소월 이래 이 땅의 시인들은 그리움을 노래해왔는데 이지엽 시인도 그리움을 이렇게 묘사한다.

물입니다
물수제비 아프게 받아내던
달빛 아래선 욜랑욜랑
햇살 아래선 종알종알
송사리 지느러미 끝, 은빛!
다시 사는
물입니다
－「그리움 2」 전문

이 시의 화자는 물이 아닐까? 물수제비 아프게 받아내던. 물가에서 돌을 던지는 이는 그리움의 몸살을 앓고 있다. 물은, 햇살 아래선 통통 튀는 돌을 맞고 종알종알 뭐라 말하고, 달빛 아래선 욜랑욜랑 돌을 튕겨낸다. 하지만 돌은

몇 번의 도약 후 금방 물속으로 잠기고 물은 예전 모습으로 돌아간다. "송사리 지느러미 끝, 은빛!"만 보일 뿐이다. 이 시를 통해 시인이 독자에게 얘기해주고 싶은 것이 무엇이었을까? "물수제비 아프게 받아내던" 물이 다시금 잔잔한 수면을 보이지만 물가의 사람은 물을 떠나지 못한다. 여전히 떠나간, 혹은 다가갈 수 없는 누군가를 그리워하고 있고, 물은 그를 지켜보고 있다. 물은 돌의 유희에 아랑곳하지 않고 흘러가고, 사람도 다시 살아갈 수밖에 없다. 어떻게 하란 말인가. 유치환이 "파도야 어쩌란 말이냐 / 파도야 어쩌란 말이냐 / 임은 뭍같이 까딱 않는데 / 파도야 어쩌란 말이냐 / 날 어쩌란 말이냐"(「그리움」) 하고 외치며 바닷가를 거닐었던 것처럼 이지엽 시인은 냇가에 가서 물수제비를 던지며 그리움을 달랜 적이 있었던가 보다. 사랑시를 몇 편 더 보자.

흐릿한 건 난 싫어
말을 끊어서 또박또박
이렇게 뭉쳐 있었어,
네게 꼭 하고 싶은 말
사랑은 소금꽃이야

희고 검게 여문 씨앗

　　　－「볼펜 똥」전문

사랑이란 이름으로

흘려보낸 구름의 날들

파고드는 낭패감

머릴 박고 속죄해도

이제는 용서받을 수 없다

가슴 붉게

울 수도 없다

　　　－「담배꽁초 1」전문

　요즈음에는 사랑의 전언을 위해 스마트폰 문자와 컴퓨
터 이메일이 동원되지만 예전에는 연애편지라는 것이 있
었다. 네게 꼭 하고 싶은 말을 전하기 위해 볼펜을 꾹꾹 눌
러쓰는데, 그것을 시인은 "소금꽃" 혹은 "희고 검게 여문
씨앗"이라고 한다. 담배의 속성에 빗대어 사랑을 노래하기
도 하는데 이번 시조집의 절반 정도는 사랑 노래다. 열정을

모두 태워버린 것을 비유한 「담배꽁초 1」은 사랑의 이면을
보여준다. 화자가 낭패감과 속죄 감정을 갖고 있는 것으로
보아 이 사랑은 이미 폐허의 상태다. 울 수도, 용서받을 수
도 없다는 막막한 공허는 사랑이 끝난 뒤에 오는 심정이다.
그렇다면 무엇이 화자로 하여금 상대에게 속죄하게 하고,
용서받고 싶어 하게 할까. 그것은 "사랑이란 이름으로" 행
한 그 무엇 때문일 것이다. 진정성이 전제되어야 하는 사랑
의 감정이 다른 이유로 굴절되어 수단화된다면 그것은 사
랑이 아니기 때문이다. 사랑은 오직 사랑을 목적으로 할 때
만 본연의 순수성을 가질 수 있다.

　　허깨비 같은 몸짓으로 그대에게 내리고 싶다 내 그리운
　　산천 딛고 아슬한 능선 넘고 내려서 녹아내려서 뿌리까지
　　젖고 싶다
　　－「사랑 산조散調 1－진눈깨비」 전문

　　그대와 나 저승에선 바람이었을지도 모를 일 머리 풀고
　　떠돌다 눈비 맞고 떠돌다 살과 살 다 섞은 후에 빈 몸으로
　　울었을 바람
　　－「사랑 산조散調 2－바람」 전문

124

두 편의 시조 모두 속된 표현으로, '진하다'. 진눈깨비와 바람 등 자연현상을 다루고 있지만 실은 농도 짙은 남녀상열지사의 장면을 연상하지 않을 수 없다. 남녀 간의 사랑은, 결국은 몸으로 확인하고 싶은 열망으로 치닫는다고 시인은 말하고 싶었던 것이 아닐까. 시인 스스로 큐피드가 되고 싶어 한 것인지도 모른다. "사랑은 오밀조밀한 다양함이 아니라 / 꽃 장식과 톡 튀는 빛깔이 아니라" "산등성 / 그 아픈 허리를 / 오래도록 / 만지는 / 달"(「달항아리」)이라고 시인은 말하고 있다. 몸으로 확인해야 하는 사랑, 그것은 그리움이나 기다림의 차원이 아니다. 중국인들이 일찍이 말하지 않았던가. 여자女와 아들子이 만나면 좋은 거好라고. 사랑이란 못처럼 "꼿꼿한 자세로 너를 안고 뒤에 숨어 / 가뭇없이 속절없이 / 평생을 늙어간대도 // 슬픔의 / 내색 한 번 없는 / 자존의 / 저 / 직립!"(「사랑 이미지 2 — 못」)이기도 하다. 세상의 윤리에 어긋나 도마 위의 생선처럼 "죽비竹篦의 소나기 속을 / 쏜살같이 내닫는 // 난장"(「사랑 이미지 4 — 도마」)이기도 하다. 이성 간의 사랑은 어쩌면 도덕과 윤리 저너머에 있는 것인지도 모른다. 동서고금의 문학작품을 보라. '둘은 만나서 사랑하였고 결혼하여 아들딸 낳고 행복하게 오래오래 잘 살았다'고 하면 작품이 안 된다. 사랑의 감정은 인간을 이기적이게 한다. 이러한 이기성의 극단은 연인들에게 그들만의 성채를 짓게 한다. 그곳에서만 안전하고, 그곳에서만 상대의 마음을 확인할 수 있으므로 두 사람은 세상의 도덕률을 넘어선 '그곳'을 꿈꾸는 것이다. 그러면서도 세상의 윤리라는 금을 넘지 말아야 하기에 연인들의 갈등은 깊을 수밖에 없다. 문학작품 속의 사랑은 고통을 동반한다. 사랑도 예술의 영역으로 넘어가면 고통과 갈등을 동반해야 명작이 탄생하는 것이다.

꽉
이를 깨물고
너를
놓지 않겠다

그럴싸한 감상들은
변명들은 모두 가라

핏물이
뚝뚝 배어나도
네 손을

놓지 않겠다
—「사랑 이미지 5 – 볼트와 너트」전문

　어떤 시련이 닥쳐도 볼트와 너트가 단단히 맞물려 있는
것처럼 "꽉 / 이를 깨물고 / 너를 / 놓지 않겠다"고 하는 그
것이 사랑 이미지라고 한다. "핏물이 / 뚝뚝 배어나도 / 네
손을 / 놓지 않겠다"고 하니, 그 절절함이 가슴을 친다. 감상
과 변명 같은 가벼운 정서로 유지되는 사랑이 아니다. "핏
물이 / 뚝뚝 배어"날 만큼 살을 깎으며 실천하는 사랑이다.
볼트와 너트가 각각 하나의 사물로만 존재한다면 사랑은
성립되지 않는다. 둘이 빈틈없이 결합할 때만 사랑을 움직
이는 완벽한 부품이 된다. 우리가 한생을 살면서 이런 사랑
은 문학작품 속에서만 보는 것이 아닌지. 시인은 이렇듯 사
랑의 실천을 전하고 있는데 말이다. (한양대학교의 교훈이
'사랑의 실천'이다.) "은밀한 / 부활의 작은 우주 / 절대 포기
말아라"(「사랑 이미지 6 – 벽」) 같은 구절도 시인이 사랑의 전
도사가 아닌가 하는 생각을 하게 한다. 살아 있는 동안 열
렬히 사랑하라고 사랑을 전하던 시인은 사랑이 "신에 이르
는 열쇠"라고 말한다. 그렇다. 기독교의 모든 교리를 한 단
어로 줄이면 '사랑'이다.

콧구멍 입구멍 귓구멍 숨구멍…

자궁에 피어나는 꽃
무덤에서 죽는 별

구멍이 모든 것의 우주
신에 이르는 열쇠다
―「사랑 이미지 7 ― 구멍」 전문

초장은 인간을 가리킨다. 냄새 맡고 먹고 듣고 숨 쉬는
인간은 구멍을 통해 배설도 하고 사정도 한다. 중장은 인간
의 일생을 가리킨다. 인간은 양성생식의 결과 태어나는 동
물이므로 구멍은 생명의 처음과 끝이다. 그래서 "구멍이
모든 것의 우주"라고 한 것이며, "신에 이르는 열쇠"라고
한 것이다. 인간이 죽으면 냄새 맡을 수 없고 먹을 수 없고
들을 수 없고 숨 쉴 수 없다. 그래서 이 모든 구멍이 제 역할
을 할 때 사랑해야 하는 것이려니.

개인적으로, 시집의 제5부가 제일 재미있다. 부의 제목
이 '내가 사랑하는 여자'이며, 각 시조의 부제이며, 시집의
제목이다.

울퉁불퉁 따뜻하게 몸을 데워주는 여자
매우면서도 향긋하게 실눈으로 웃는 여자
황토색 발을 가진 여자
못생겨도 정 많은 여자
— 「생강 — 내가 사랑하는 여자」 전문

내 마음 아린 눈물 짓찧어져 우는 여자
전세대란 쫓겨나서 맵고 섧게 우는 여자
곰 같은, 동백 같은 여자
혀 아리게 눈물 빼는 여자
— 「마늘 — 내가 사랑하는 여자」 전문

생강과 마늘의 특성이기도 하지만 '내가 사랑하는 여자'
가 바로 이런 타입의 여자라고 말하고 있다. 허리가 가느다
란 도시풍의 세련된 여자가 아니라 정이 많고 사람을 푸근
하게 해주는 여자가 일단 좋다고 한다. 시인의 여성관을 알
수 있어 입가에 미소가 머금어진다. 나이 차가 많이 나는,
연하의 애인 같은 여자가 아니라 어떤 투정도 다 받아주는
큰누님 같은 여자를 시인은 좋아하는가 보다. 하지만 속마
음 한구석에서는 요부 같은 여자를 찾고 있다. "비밀의 방

불을 켜서 남자 서넛 가진 여자"(「양파 – 내가 사랑하는 여자」)나 "가지 끝 죄 울리며 애기 하나 갖자는 여자"(「참깨 – 내가 사랑하는 여자」)에게도 관심이 간다. "휘어지는 휘파람 허릿결 상큼한 여자"(「식초 – 내가 사랑하는 여자」)를 누가 좋아하지 않으랴. 여성의 매력 중 중요한 것이 허리와 입술인가? "허리가 / 아삭한 여자"(「열무김치 – 내가 사랑하는 여자」)와 "립스틱 엷어도 보드라니 그윽한 입술 / 떫은 혀"(「다래순 – 내가 사랑하는 여자」), 그리고 "더운 정 / 떨리는 입술"(「목련화 – 내가 사랑하는 여자」)을 노래하고 있으니 말이다. 아무튼 남자는 죽는 날까지 이성에게 관심을 갖는다는데 이번 시조집에서 이런 작품을 대거 보게 되니 재미도 있고 시인의 이성관에 흥미를 십분 느끼게 된다.

이지엽 시인은 대학교수이며 출판사의 실질적인 대표다. 두 종 문예지를 발간하고 있는 편집주간이기도 하다. 올해부터 학교에서 보직을 맡아 몹시 바쁜 것으로 아는데 이렇게 시조집을 한 권 준비하였다. 눈길이 오래 머문 작품이 하나 있다.

엉켜서 더욱 뜨거운
목숨들이 여기 있다

비벼 아픈 살점 하나
꿈꾸는 잠이 여기 있다

그늘을
슬퍼 말아라
구겨진 시詩여,
네 고독의 볏이여
    ―「담배꽁초 2」전문

　시인은 담배를 피우지 않는 것으로 아는데, 이 시를 쓴
이유가 어디에 있을까? 애연가가 담배 때문에(?) 살아가듯
이 시인은 시를 쓰기 위해 살아가고 있음을 말해주는 작품
이다. 고독하기 때문에 시를 쓰고 시를 씀으로써 고독해진
다. 연작시 「북악」은 북악산 등반기가 아니다. 시를 쓰게 되
었기에 느끼는 근원적인 고독을 다루고 있다. 송수권을 부
제로 삼은 작품(「시인詩人―송수권」)에서도 스스로를 태워
빛을 내는 존재가 시인임을 말해주고 있다. 시인은 결국
"상처가 남긴 살점"을 보여주는 사람이 아닌가 싶다. 세상
사람들이 부귀영화 쌓기에 급급할 때 진정한 아름다움이
무엇인가를 찾는 사람, 찾아서 보여주는 사람, 바로 시인인

것이다. 이지엽 교수, 학장, 대표, 회장……보다는 이지엽 시인임을 바로 이런 시가 웅변으로 말해주고 있다. 이번 시조집 발간을 계기로 다시금 시인의 길로 나아가 바큇자국을 보여주기를. 아니, 깊게 파인 바큇자국 그 자체가 되기를. 아름다움의 한가운데에 한 시인이 있으니.

마른땅 위에 한나절 비가 내리고
트랙터 지나간 뒤
깊게 파인 바큇자국들!

세상의 모오든 길들은 상처가 남긴 살점이다
―「아름다움의 한가운데」 전문